roman rouge

Dominique et compagnie

Sous la direction de
Agnès Huguet

Gilles Tibo

Choupette et
tante Loulou

Illustrations
Stéphane Poulin

**Catalogage avant publication de
Bibliothèque et Archives Canada**

Tibo, Gilles, 1951-
Choupette et tante Loulou
(Roman rouge ; 33)
Publ. à l'origine dans la coll. :
Carrousel. 1999. Pour enfants.

ISBN 2-89512-463-9
I. Poulin, Stéphane. II. Titre.

PS8589.I26C47 2005 jC843'.54 C2004-941958-7
PS9589.I26C47 2005

© Les éditions Héritage inc. 2005
Tous droits réservés
Dépôts légaux : 1er trimestre 2005
Bibliothèque nationale du Québec
Bibliothèque nationale du Canada
Bibliothèque nationale de France

ISBN 2-89512-463-9
Imprimé au Canada

10 9 8 7 6 5 4 3 2 1

Direction de la collection :
Agnès Huguet
Graphisme : Primeau & Barey
Révision-correction :
Martine Latulippe et
Céline Vangheluwe

Dominique et compagnie
300, rue Arran
Saint-Lambert (Québec) J4R 1K5
Téléphone : (514) 875-0327
Télécopieur : (450) 672-5448
Courriel :
dominiqueetcie@editionsheritage.com
Site Internet :
www.dominiqueetcompagnie.com

Nous remercions le Conseil des Arts du
Canada de l'aide accordée à notre programme de publication. Nous reconnaissons l'aide financière du gouvernement du
Canada par l'entremise du Programme
d'aide au développement de l'industrie de
l'édition (PADIÉ) pour nos activités d'édition.

Nous reconnaissons l'aide financière du
gouvernement du Québec par l'entremise
du Programme de crédit d'impôt pour l'édition de livres – SODEC – et du Programme
d'aide aux entreprises du livre et de
l'édition spécialisée.

À Louise Vaillancourt,
la vraie tante de
la vraie Choupette

Chapitre 1

Tante Loulou tremble de partout

Je m'appelle Choupette et tante Loulou s'appelle tante Loulou.

Tante Loulou a peur de tout et elle tremble de partout. C'est la personne la plus peureuse au monde. Elle a peur de son ombre. Peur de se mordre les joues. Peur de tomber malade. Peur des éclipses de soleil. Peur de perdre ses cheveux. Peur de recevoir des crottes d'oiseau

sur la tête. Chaque fois que je lui
pose une question, elle répond :

—J'ai bien peur que oui ! J'ai bien
peur que non !

Elle passe de grandes journées
dans son lit. C'est le seul endroit où
elle n'a peur de rien. Elle a trans-
porté sa cuisinière électrique, son
réfrigérateur, son téléviseur… dans
son lit. Elle travaille, fait son jogging
et joue au badminton… dans son
lit. Elle voudrait voyager, grimper

des montagnes, aller au théâtre…
dans son lit.

Moi, la Choupette, j'ai déjà eu peur
des vampires, des gros chiens, des
devoirs et des leçons. J'ai vaincu
toutes mes peurs, sauf celle-ci : passer une journée complète avec
tante Loulou ! Alors, ce matin, j'ac-
cepte son invitation. Au téléphone,
je lui dis :

—Oui, tante Loulou, je vais passer
toute la journée avec vous !

• • •

J'arrive chez tante Loulou. Elle joue aux cartes… dans son lit. Elle a fait des sandwichs pour manger… dans son lit. Elle a préparé des jeux pour jouer… dans son lit.

Je viens juste d'arriver et je m'ennuie déjà. Ma patience s'étire

comme un gros élastique. Après une heure, je lui suggère :

– Tante Loulou, vous devriez faire comme moi : affrontez vos peurs !

Elle se précipite sous les couvertures, puis elle sort la tête et me regarde avec de grands yeux effrayés :

– J'ai trop peur, Choupette.

– Justement, il faut cesser d'avoir peur pour rien. C'est ridicule.

–J'ai trop peur d'avoir peur en affrontant mes peurs. Elles me font de plus en plus peur au fur et à mesure que j'ai peur d'avoir peur… J'en ai bien peur.

– Tante Loulou, je connais un truc pour vous aider. Juste pour rire, prenez un papier et un crayon. Faites la liste de vos peurs.

Tante Loulou prend un crayon et essaie d'écrire. Elle tremble de partout. Il est impossible de relire ses gribouillages. Je m'empare du crayon. Je dis à tante Loulou :

– Détendez-vous. Racontez-moi vos peurs, je vais les noter moi-même.

• • •

J'ai une crampe dans la main. Je viens de remplir un cahier de vingt-quatre pages. Vingt-quatre pages remplies de peurs. Je les ai toutes numérotées. Il y en a deux mille six cent vingt-quatre et demie. Tante Loulou vient sûrement de battre un record du monde.

Je tourne rapidement les pages du cahier. Je regarde les peurs au hasard : *Numéro 9, peur de jouer au ballon parce qu'il peut éclater…*

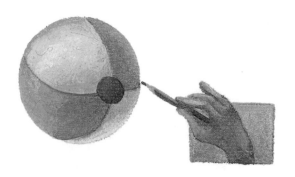

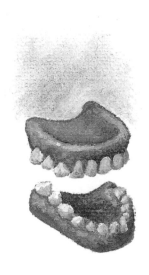

Numéro 33, peur que mes paupières se collent ensemble lorsque je dors… Numéro 65, peur d'user mes dents en mangeant… Numéro 99, peur de me tromper de rêve pendant la nuit… Numéro 2000, peur des inconnus qui ont un gros nez.

Et la dernière : À moitié peur de me regarder dans le miroir.

Je suis complètement découragée pour elle. Nous n'avons pas de temps à perdre.

– Bon ! Tante Loulou, il faut affronter vos peurs immédiatement !

– Immédiatement… quand ?

– Immédiatement, tout de suite !

– Je… Je… Je préférerais attendre à demain, j'en ai bien peur.

Tante Loulou commence à trembler. Elle s'énerve, saute sur son lit, tortille ses doigts.

Je ne me laisse pas impressionner. Je lis la peur numéro 1 : *Peur des souris*. Je dépose le cahier dans mon sac à dos. Je prends tante Loulou par la main et je l'entraîne dehors.

Chapitre 2
Hiiiiiii !

Trois coins de rue plus loin, nous entrons dans une animalerie. Nous nous arrêtons devant une cage remplie de souris blanches. Tante Loulou grimpe sur un tabouret en criant :

– Hiiiiiiiiiiiiiiii !

Je prends une petite souris blanche et je la pose sur le soulier de tante Loulou. La souris grimpe le long de sa jambe, le long de sa chemise. Tante Loulou tremble de partout. Elle hurle sur le tabouret.

La petite souris se cache dans le cou de tante Loulou qui, tout à coup, cesse de crier. Elle rit et se tortille :

– Hi, hi, hi ! Ça me chatouille partout !

Après dix minutes de fou rire, tante Loulou descend du tabouret et dit :

– Elle est mignonne, cette petite souris !

– Félicitations, tante Loulou !

● ● ●

Nous quittons l'animalerie. J'ouvre le cahier et je lis la peur numéro 2 :

Peur de me geler les dents en mangeant de la crème glacée. Trois coins de rue plus loin, nous entrons chez un marchand de glaces. Je commande un cornet à une boule pour moi et un cornet à cinq boules pour tante Loulou. Le vendeur lui dit :

– Vite ! Vite ! La crème glacée va fondre et couler sur le plancher !

C'est justement sa peur numéro 345. Tante Loulou mange son cornet

en vitesse et en commande un autre.

— Félicitations, tante Loulou !

• • •

Sur le trottoir, devant le marchand de glaces, je consulte le cahier. Numéro 3 : *Peur de jouer au parc.*

— Non ! Non ! Non ! crie tante Loulou qui recommence à trembler de partout. Je ne veux pas jouer au parc. J'ai trop peur !

Tante Loulou refuse de bouger. Je ne sais plus quoi faire. Soudain, j'aperçois mon ami Stéphane avec sa voiturette. Je la lui emprunte pour quelques minutes. Je dis à tante Loulou :

– Dans la voiturette ! Immédiatement ! Sinon, je vous fais la plus grosse peur de votre vie, ici, sur le trottoir !

Tante Loulou tremble de partout. Elle s'assoit dans la voiturette. Stéphane et moi, nous la tirons jusqu'au parc.

– Non, non ! Pas la balançoire ! J'ai mal au cœur ! Je vais vomir ! crie tante Loulou.

Trop tard. Je pousse tante Loulou de toutes mes forces. Elle laisse échapper « Hic ! Hic ! Hic ! » Elle a le hoquet. Mais elle ne fait pas d'indigestion. Elle monte très haut dans les airs. Soudain, elle s'écrie :

– YAHOU ! Me voilà comme un oiseau !

– Félicitations, tante Loulou !

Je consulte le cahier. La peur numéro 4 est soulignée en rouge.

—Tante Loulou, où est votre automobile?

—Dans le garage… je crois!

Je l'entraîne jusqu'à son garage.

Et là, c'est plus fort que moi, je ris :
—Hi, hi, hi !

Tante Loulou a tellement peur des voleurs que son garage ressemble à une forteresse. Sur la porte, je compte huit serrures, sept cadenas à combinaison, six cadenas à clé, cinq sonnettes, quatre caméras en circuit fermé, trois systèmes d'alarme, deux poignées et une grosse poutre de métal. Tout ça pour une automobile qu'elle a peur de conduire !

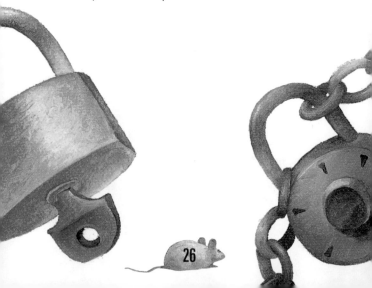

Chapitre 3

Catastrophe en automobile

Après une heure et douze minutes, nous parvenons à ouvrir la porte du garage. Tante Loulou tremble de partout. Elle refuse de monter dans l'automobile. C'est la plus grosse, la plus énorme, la plus gigantesque de ses peurs.

Je lui fais du chantage :

— Tante Loulou, si vous ne montez pas tout de suite, moi, la Choupette, je ne vous parlerai plus jamais de toute ma vie !

Elle fait démarrer l'automobile et nous partons. Nous roulons sur une petite route de campagne. Tante Loulou tremble de partout. Elle roule à deux kilomètres à l'heure. Les cyclistes, les piétons et même les vaches nous dépassent. Je suis gênée.

Avant de traverser une rivière, elle descend de l'auto pour vérifier la solidité du pont. Je suis de plus en plus gênée.

Nous montons sur un traversier. Tante Loulou a tellement peur de couler qu'elle attache vingt flotteurs à l'auto. Elle s'assoit dans une

chaloupe de sauvetage, agrippée à trois canards gonflables. Je suis très, très, très gênée.

Nous roulons maintenant depuis trois heures. Je consulte le grand cahier.

—Félicitations, tante Loulou, vous avez vaincu la peur de rouler en automobile, la peur des traversiers, la peur que la peinture de l'automobile se décolle, la peur des lignes blanches, la peur d'écraser des fourmis…

—YAHOU ! crie tante Loulou. Je suis fière de moi !

• • •

Soudain, tante Loulou fait demi-tour. Sur le chemin du retour, elle reprend le traversier et roule sur les ponts sans trembler. Elle dit :

— Tu avais raison, Choupette, il faut affronter ses peurs. Maintenant, j'aime conduire mon automobile.

Elle allume la radio et fait jouer la musique à tue-tête. Elle accélère en chantant :

— Grâce à la Choupette, pète, pète… J'affronte mes peurs, eur, eur… Grâce à la Choupette, pète, pète… Moi, je n'ai plus peur, eur, eur !

Chapitre 4

Pour rattraper le temps perdu

Je ne la reconnais plus. En vitesse, tante Loulou stationne son automobile dans le garage. Tout excitée, elle m'embrasse et dit fièrement :

— Les peurs, c'est fini, fini, fini. Je dois rattraper le temps perdu !

Elle s'empare du cahier et pose son doigt sur une peur. Je n'ai pas le temps de voir le numéro. Elle sort du garage en courant, grimpe sur une

échelle et marche sur le bord du toit. J'ai peur pour elle.

—Attention, tante Loulou ! Vous pourriez tomber et vous casser le cou !

Elle descend, crie « YAHOU ! »,

consulte son cahier, court dans la ruelle à reculons, saute dans la cour du voisin et caresse le gros chien méchant en lui murmurant :

—Coucou, mon gros pitou !

Ça y est, tante Loulou est devenue folle. Je ne suis plus capable de la contrôler. Je tremble de partout. J'essaie de lui enlever le cahier, mais elle court plus vite que moi.

Elle se précipite dans son garage, enfile trois casques protecteurs, quatre coudières et six genouillères. Elle enfourche son vélo, qui ressemble à un arbre de Noël avec ses dizaines de lumières, ses clignotants, ses réflecteurs, ses miroirs, ses trompettes, ses sonnettes, ses guirlandes multicolores.

Tante Loulou pédale à toute vitesse.

Elle tourne autour
de moi et hurle :
– Choupette ! Où
sont les freins ?
Où sont les freins ?
– Tante Loulou,
les freins sont…
Attention au piéton !
Attention à l'arbre !
Attention à la borne-
fontaine ! Attention
au chat ! Attention au chien !

Le chien, qui la voit arriver, bondit
dans les airs et tombe dans le panier
du vélo. Le chat culbute et atterrit sur
la tête du chien.

Tante Loulou lâche le guidon pour
consulter son cahier. Elle descend
la rue en pente. Elle fonce vers l'intersection où circulent de gros camions.

Je tremble de partout. Je ferme les yeux. J'entends :

–Haaaa ! Haaaa ! Wouf ! Wouf ! Miaou ! Miaou !

Puis, dans un vacarme d'enfer : Bip ! Bip ! Bip ! Des klaxons résonnent. Gniiiii ! Gniiiii ! Gniiiii ! Des camions freinent.

J'ouvre les yeux. Par miracle, tante Loulou file de l'autre côté de l'intersection. En riant, elle descend la

grande côte qui mène au parc.

Dans le parc, la roue avant du vélo frappe une roche. Le chien et le chat bondissent dans les airs. Tante Loulou fonce sur un vendeur de crème glacée. BOUM ! Le triporteur part d'un côté, tante Loulou de l'autre. Le chien, le chat, le vélo, tante Loulou, le vendeur, le triporteur et toutes les glaces plongent dans l'eau de la grande fontaine. Plouf ! Plouf ! Plouf ! Et replouf !

Je la rejoins en courant. Je tremble de partout. Tout essoufflée, je lui dis :

– Tante Loulou ! Vous rendez-vous compte de ce que vous venez de faire ?

Elle sort de l'eau avec une grenouille sur la tête. Elle me lance, triomphante :

—Choupette, c'est formidable ! En quelques secondes, je viens d'affronter une centaine de peurs. Je ne peux plus m'arrêter !

Elle tord son cahier plein d'eau et ajoute :

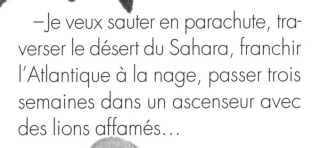

—Je veux sauter en parachute, traverser le désert du Sahara, franchir l'Atlantique à la nage, passer trois semaines dans un ascenseur avec des lions affamés…

Elle me regarde avec étonne-
ment.

– Mais, Choupette, pourquoi
trembles-tu comme ça ? As-tu peur
de quelque chose ?

– Je… Heu… J'ai bien peur que
oui !

Dans la même collection

Achevé d'imprimer en février 2005
sur les presses de Imprimerie L'Empreinte inc.
à Ville Saint-Laurent (Québec)